FACULTÉ DES LETTRES DE TOULOUSE

COURS DE LANGUE ET LITTÉRATURE LATINES

LEÇON D'OUVERTURE

PAR

R. LALLIER

DOCTEUR ÈS LETTRES, CHARGÉ DU COURS

LA COMÉDIE NOUVELLE

INTRODUCTION A L'ÉTUDE DU THÉATRE DE TÉRENCE

TOULOUSE,
IMPRIMERIE A. CHAUVIN ET FILS,
RUE DES SALENQUES, 28.

1876

FACULTÉ DES LETTRES DE TOULOUSE

COURS DE LANGUE ET LITTÉRATURE LATINES

LEÇON D'OUVERTURE

PAR

R. LALLIER

DOCTEUR ÈS LETTRES, CHARGÉ DU COURS

LA COMÉDIE NOUVELLE

INTRODUCTION A L'ÉTUDE DU THÉATRE DE TÉRENCE

TOULOUSE,
IMPRIMERIE A. CHAUVIN ET FILS,
RUE DES SALENQUES, 28.

1876

FACULTÉ DES LETTRES DE TOULOUSE

COURS DE LANGUE ET LITTÉRATURE LATINES

LEÇON D'OUVERTURE

MESSIEURS,

Je regrette de ne pas avoir le droit de parler, comme je le voudrais, du décret qui dédouble les chaires de littérature ancienne dans nos facultés les plus importantes. Cette mesure m'est trop profitable pour que je puisse la louer; aussi bien, ici surtout, il serait superflu d'insister sur les avantages qu'elle procure. Elle rend à la faculté de Toulouse ce qu'elle possédait autrefois, et ce qui est ailleurs une nouveauté n'est pour vous qu'une restauration. Je ferais appel à la mémoire des anciens auditeurs de M. Sauvage et de M. Hamel, si je ne craignais de réveiller des souvenirs trop dangereux pour moi.

Qu'il me soit permis seulement d'exprimer la reconnaissance dont je suis pénétré pour l'autorité supérieure qui m'a honoré de son choix et m'a envoyé dans cette ville de Toulouse, où l'intelligence et le goût des choses de l'esprit sont des traditions si anciennes et toujours fidèlement entretenues. Qu'il me soit permis aussi d'offrir mes remercîments à Monsieur le Recteur et à Monsieur le Doyen, qui m'ont accueilli avec tant de bienveillance, aux professeurs de cette faculté, qui ont mis une bonne grâce si empressée à me faire une place au milieu d'eux.

Je dois un remercîment particulier à M. Brédif. Après avoir porté avec honneur le lourd fardeau d'un double enseignement, il s'est dessaisi en ma faveur d'une partie de son domaine. Il se réserve la littérature grecque, qui lui appartient à tant de titres, et m'abandonne la littérature latine. Je me tiens pour très-heureux de la part qui m'est faite. Moins riche, moins variée que la littérature des Grecs, la littérature de Rome a pour nous cet avantage de nous être plus facilement accessible et de tenir à nous par des liens plus étroits. Virgile, Horace ne sont point des divinités que l'on encense de loin et sur lesquelles on ose à peine lever les yeux; ils sont comme des dieux domestiques, hôtes fidèles et assidus de notre demeure :

Vigilant nostra semper in æde Lares.

Dans cette ville et dans cette province surtout, dans cette belle région du Midi, où l'empire et la civilisation de Rome ont laissé une empreinte si profonde, on peut dire que la littérature latine est une seconde littérature nationale. L'étudier, c'est encore rester chez nous, dans notre patrie, et feuilleter nos titres et nos archives de famille.

I

Messieurs,

Je me propose, pendant la durée de ce semestre, d'étudier avec vous les comédies de Térence. Si j'avais le loisir de vous faire l'histoire de la réputation de notre poëte, vous y trouveriez la confirmation de ce que je viens d'avancer. Térence a été quelquefois traité assez rudement par les critiques étrangers; en France, il n'a guère rencontré que des admirateurs, et j'aurais à vous dérouler une énumération bien longue, si je devais vous citer les noms de tous ceux qui, chez nous, se sont appliqués à le traduire ou à le commenter. On serait presque fondé à dire que l'opinion des Français lui a été plus favorable que celle de ses compatriotes. En tout cas, il n'est venu à l'esprit de personne de maintenir la classification impertinente d'un Volcatius Sedigitus (1), qui rejette Térence au sixième rang parmi les comiques latins, pour placer avant lui, non-seulement Plaute, ce qui est assez raisonnable, mais Cæcilius, Nævius, Licinius et Attilius. Nous l'avons toujours regardé comme un des nôtres, et nous avons défendu sa gloire comme s'il se fût agi de notre propre bien.

Pour comprendre le génie de Térence, il est indispensable de faire quelques emprunts à la littérature grecque et de se remettre sous les yeux les principaux caractères de la Comédie Nouvelle. Ici, Messieurs, j'ai éprouvé un scrupule. J'ai l'air de ne pas respecter le principe de la séparation des pouvoirs, et je crains que vous ne me reprochiez d'envahir un terrain qui m'est interdit. Mais j'y suis contraint par la nature même de mon sujet, puisque Térence est le disciple et l'imitateur des comiques athéniens ; et peut-être n'est-il pas inutile, au moment où les deux littératures sont divisées dans notre enseignement, de montrer une fois de plus la parenté qui les unit.

Nous interrogerons donc aujourd'hui les poëtes de la Comédie Nouvelle et nous essaierons de rechercher, à l'aide des fragments écourtés qui seuls sont venus jusqu'à nous, quels étaient les sujets que traitait cette comédie et les qualités littéraires par lesquelles elle se recommandait. Nous examinerons successivement les mœurs qu'elle représentait, la conduite de l'action et le style.

On raconte que Denys le Jeune, tyran de Syracuse, désirant connaître le gouvernement d'Athènes, Platon lui envoya les pièces d'Aristophane. Platon, qui détestait la démocratie, ne tenait pas sans doute à présenter ses conci-

(1) Aulu-Gelle, XV, 24.

toyens sous un jour trop favorable; et pourtant, on peut le dire, l'œuvre d'Aristophane, malgré bien des préventions, bien des erreurs, bien des injustices, est encore la peinture la plus vivante de la société athénienne pendant la guerre du Péloponèse. Avec elle, on se sent vraiment transporté au milieu de cette époque active et agitée, tout occupée par l'ambition et la passion des grandes entreprises, signalée quelquefois par des victoires éclatantes, quelquefois par de terribles désastres, toujours par le merveilleux développement d'une énergie qui se porte avec une ardeur égale vers les objets les plus différents. Rien de ce qui émeut les contemporains ou sollicite leur curiosité n'est étranger à la comédie d'Aristophane. Par la voix de Dicæopolis, elle s'oppose à la prolongation de la guerre soutenue contre Lacédémone; dans les *Chevaliers*, elle ose s'en prendre à Cléon, le favori du peuple; ici, elle calomnie l'enseignement de Socrate ou raille les subtilités d'Euripide; ailleurs, elle bâtit avec Pisthétère la ville de Néphélococcygie ou rassemble les femmes au Pnyx pour leur livrer le gouvernement de la cité. Le témoin est partial; sa déposition est souvent altérée par ses préjugés ou par sa passion; peu nous importe. A travers tant de moqueries et d'insultes, on voit, en pleine lumière, l'activité guerrière et politique d'Athènes, le mouvement des esprits, les utopies de rénovation sociale. Et, d'ailleurs, l'âme d'Aristophane n'est pas fermée aux sentiments généreux. L'ennemi des orateurs et des philosophes, l'adversaire des hommes d'Etat de la démocratie, aime son pays et, quand il le veut, trouve de nobles accents pour louer ses hauts faits. Rappelez-vous les éloges qu'il décerne aux vainqueurs de Marathon, ou bien cette parabase des *Guêpes*, dans laquelle, ainsi qu'on l'a dit, bourdonne l'hymne du patriotisme et de la fierté nationale.

Au contraire, la comédie de Ménandre et de Philémon nous introduit dans une société déjà vieillissante, qui se désintéresse de la politique, qui ne songe plus qu'à ses affaires privées ou à ses plaisirs. Les temps étaient changés. La défaite d'Ægos-Potamos et la prise de la ville avaient porté à la puissance d'Athènes un coup dont elle ne se releva jamais complétement. L'heureuse audace de Thrasybule et la sage modération qu'il sut garder après la victoire rendirent aux Athéniens leur indépendance et leurs institutions, mais non leur ancienne grandeur. A la voix de Démosthène, la noble cité se réveilla pour reprendre, en face de Philippe et plus tard d'Antipater, ce poste d'honneur et de péril qu'elle avait pris autrefois en face de Xerxès et de l'invasion des Perses. Ce suprême effort acheva de l'épuiser, et l'on a pu dire de l'oraison funèbre prononcée par Hypéride sur les soldats de la guerre Lamiaque, qu'elle était le dernier discours du patriotisme athénien. Dès lors, tout est fini. Athènes renonce à la lutte, à l'action, qui lui a si mal réussi. Jadis, elle combattait pour la prééminence, pour la liberté de la Grèce entière; désormais, elle ne vit plus que pour elle-même, pour ses plaisirs ou pour ses études. Si l'on voulait reprendre l'allégorie imaginée par Aristophane dans les *Chevaliers*, on devrait donner d'autres traits au bonhomme Dêmos. Ce n'est plus le gâteau de Pylos qu'il faudrait lui servir; ce ne sont plus des généraux et des hommes d'Etat qu'il faudrait mettre auprès de lui pour esclaves ou pour flatteurs; qu'on se représente un vieillard aimable et souriant, d'humeur paisible, aimant à s'entretenir avec les philosophes et les rhéteurs, ne dédaignant pas non plus les plaisirs de la table, ni même d'autres distractions, qui conviennent moins à son âge. L'expérience de la vie lui a enseigné à modérer ses désirs; elle l'a dégoûté des projets ambitieux et des vastes entreprises; elle a, en un mot, pacifié son âme; mais aussi, suivant l'expression d'Aristote, elle l'a diminuée et comme abaissée, διὰ τὸ τεταπεινῶσθαι ὑπὸ τοῦ βίου. Qu'on ne lui parle pas des trophées de Marathon, il écarterait ces souvenirs importuns; qu'on n'attende pas de lui, ainsi que du Dêmos d'Aristophane, des emportements terribles et un rajeunissement soudain : il est tranquille, il est résigné, il est heureux même dans cette fortune médiocre et dans cette existence amoindrie, autant peut-être par indifférence égoïste que par sagesse.

Qu'allait devenir la Comédie, et quels sujets pouvait-elle traiter ? A l'exemple du peuple athénien, elle se transforme en se calmant. Il y eut une période un peu indécise, que l'on désigne sous le nom de Comédie Moyenne, puis la Comédie Nouvelle fut fondée. Désormais, les poëtes abandonnent la satire et la politique ; ils se contentent d'observer et de dépeindre les mœurs privées. Cratinos, Eupolis, Aristophane, étaient des citoyens engagés dans la mêlée des partis ; le théâtre, avec eux, était une seconde tribune plus bruyante que celle du Pnyx, où ils énonçaient hautement leur opinion sur les affaires de l'Etat et les hommes qui les conduisaient. Ménandre et Philémon sont des moralistes qui recherchent non le triomphe d'une faction, mais la vérité des caractères et des sentiments ; ils pensent avoir tout fait quand ils ont amusé le spectateur par l'agrément de leurs fictions, et quand ils l'ont instruit par la variété et la justesse de leurs maximes.

Nous n'avons pas à examiner si c'était là une innovation véritable, ou si le Dorien Epicharme, devançant les poëtes d'Athènes, n'avait pas composé des comédies où il raillait les travers et les ridicules de ses contemporains (1) ; nous n'avons pas non plus à suivre tous les détails de cette transformation, par laquelle la comédie passe des mains d'Aristophane à celles de Ménandre ; il suffira d'indiquer quelques-uns des traits par lesquels se distingue cette forme nouvelle de l'art dramatique.

On devine aisément quels étaient les personnages qu'elle mettait sur la scène et dans quelles situations elle les plaçait. On connaît le vers d'Ovide :

Fabula jucundi nulla est sine amore Menandri (2).

(1) M. Artaud, *Etudes sur la Comédie antique.*

(2) *Tristes*, II, I, v. 369.

« Il n'est aucune pièce de l'aimable Ménandre qui ne repose » sur une intrigue amoureuse. » Il y a aussi un passage d'Apulée qui énumère le personnel de la Comédie Nouvelle : « Ibi est leno perjurus, et amator fervidus, et servulus cal- » lidus, et amica illudens, et uxor inhibens, et mater in- » dulgens, et patruus objurgator, et sodalis opitulator, et » miles prœliator ; sed et parasiti edaces, et parentes tenaces, » et meretrices procaces (1). » Si l'on désirait une liste plus complète, on la trouverait dans l'*Onomasticon* de Julius Pollux (2). Il nous donne le nom et la description des quarante-quatre masques, qui suffisaient à tous les rôles et à toutes les situations de la Comédie Nouvelle : dix pour les vieillards, dix pour les jeunes gens, sept pour les esclaves, trois pour les vieilles femmes, quatorze pour les jeunes filles. Les différences d'âge, de physionomie, de condition, de caractère, tout s'y trouve exactement marqué. Il serait trop long de reproduire ces détails; des personnages si divers que nous cite Julius Pollux, je n'en retiendrai que trois, ceux qui me paraissent appartenir le plus particulièrement à la société athénienne.

C'est d'abord le soldat fanfaron. Qu'il s'appelle Thrasonide, Bias ou Stratophane, il est partout le même. Vous vous souvenez de la fable de La Fontaine où l'âne se prélasse si fièrement, à l'abri de la peau du lion dont il s'est revêtu. Notre soldat a la démarche majestueuse du héros du fabuliste ; il en a aussi la sottise, et, comme lui, est toujours bafoué et souvent battu. Il parle sans cesse de ses campagnes et de ses généraux : « J'ai servi sous Callas et sous Agallias, sous » Menœtas et sous Perdiccas, et voici trois ans, par Jupiter, » que je sers sous Cinésias (3). » Il raconte d'un ton emphatique les combats qu'il a livrés, les prouesses qu'il a accomplies, les victoires gagnées par la force de son bras. Il vou-

(1) *Florid.*, III.
(2) IV, 143-154.
(3) Ménandre, Μισούμενος, *fr.* 1.

drait même faire croire qu'il a connu d'autres succès, et il aime à s'entendre répéter par ses flatteurs le récit, déjà mille fois recommencé, de ses bonnes fortunes : « Tu as possédé » Chrysis, Corône, Anticyre, Ischas et la petite Nannium, » qui est si charmante (1). » Tout lui est bon pourvu qu'il se vante, car sa vanité est grossière, et il s'attribue, sans choisir, toutes les supériorités. Quand on lui déclare qu' « il est » un plus grand buveur que le roi Alexandre (2), » il accepte l'éloge et se glorifie de son ivrognerie, aussi sincèrement qu'il se glorifiait de sa valeur militaire ou de ses conquêtes amoureuses. Vanteries inutiles! avec toute sa jactance, le soldat ne fait peur à personne. On lui dit en face : « Ton » visage est menaçant, mais au fond tu n'es qu'un lâche, »

Κακὴ μὲν ὄψις, ἐν δὲ δειλαῖαι φρένες (3),

et il supporte l'insulte, et il pâlit, et il tremble, et il s'estime trop heureux de pouvoir céder la place au plus vite. L'invincible héros de tant de batailles est toujours repoussé; l'homme à bonnes fortunes est toujours éconduit, et les courtisans qui ont flatté son orgueil sont les premiers à rire de sa mésaventure dès qu'ils lui ont extorqué son argent.

Les comiques latins et nos poëtes du commencement du dix-septième siècle remettront sur la scène le soldat fanfaron; mais à Rome, aussi bien que chez nous, il n'aura jamais qu'un rôle de convention. Il est vrai dans la Comédie Nouvelle. Je dirai plus, parmi tous les personnages qu'elle nous présente, il est un de ceux qui nous renseignent le plus complétement sur l'état des mœurs et de la société d'Athènes. C'est par lui surtout que nous reconnaissons combien était profonde la décadence de l'esprit militaire. « Tu es un soldat,

(1) *Id.*, Κόλαξ, fr. 3.
(2) *Id.*, *ibid.*, fr. 1.
(3) *Id.*, Σικυώνιος, fr. 6.

» tu n'es pas un homme ; tu es comme une victime engraissée » pour le sacrifice (1), » dit un des acteurs dans une pièce de Philémon. Etranges paroles, et qu'on n'aurait jamais cru entendre dans la cité qui avait produit autrefois les Miltiade et les Cimon, les Lamachos et les Thrasylle ! Ce n'est pas tout ; on peut remarquer aussi l'empressement avec lequel Thrasonide ou Stratophane accourent à Athènes, entre deux campagnes, pour y dépenser leur argent et prendre leur part des plaisirs que la grande ville offre à ses hôtes. A l'époque de Périclès, Athènes était l'école de la Grèce ; on y venait de toutes parts pour admirer les chefs-d'œuvre de ses artistes et de ses poëtes, pour emporter dans sa mémoire le souvenir du magnifique spectacle qu'elle présentait, et du noble enseignement qu'elle donnait à quiconque savait comprendre et apprécier son génie. Aujourd'hui, jusque dans son oisiveté et dans son abaissement, elle conserve une sorte de suprématie peu enviable, je l'avoue, mais réelle. Elle est comme une vaste hôtellerie, ouverte à tout venant, prodiguant aux étrangers ses distractions et ses séductions, les attirant par la beauté et l'esprit de ses courtisanes, par l'habileté incomparable de ses cuisiniers, par son luxe, par l'élégance et la facilité de ses mœurs. Un Grec n'a pas connu tous les agréments de la vie s'il n'y a pas séjourné quelque temps. Déjà, dans un discours d'Isocrate, le discours Trapézitique, nous lisons l'histoire de ce jeune habitant du Pont qui vient apprendre ce que coûte aux étrangers l'hospitalité d'Athènes. Les aventuriers, enrôlés dans les armées des successeurs d'Alexandre, faisaient comme le fils de Sinopéos. Comme lui, ils étaient tentés de visiter cette ville dont on racontait tant de merveilles ; comme lui, ils s'y rendaient en toute hâte dès qu'ils avaient ramassé quelque argent. Ils y prêtaient à rire par leurs manières grossières ; ils y étaient circonvenus par des intrigants ; ils étaient promptement dépouillés, ruinés, bafoués, et le poëte n'avait qu'à jeter les

(1) Philémon, *Inc. fab.*, fr. 53.

yeux sur eux pour trouver les traits dont il peignait son soldat fanfaron.

A côté du soldat, il convient de mentionner le parasite. Cicéron en avait déjà fait la remarque, les deux rôles s'associent fort bien entre eux et se complètent mutuellement, « nec parasitorum in comœdiis assentatio nobis faceta vide- » retur, nisi essent milites gloriosi (1). » Jamais le parasite n'a autant de verve, jamais il ne déploie autant d'industrie que lorsqu'il s'agit de persifler le soldat fanfaron et de vivre à ses dépens. Ménandre avait composé une pièce intitulée Κόλαξ ou *le Flatteur*, où il réservait au parasite le rôle le plus important. Il n'avait pas manqué de mettre son Strouthias à la suite d'un capitaine d'aventure, et l'on devine encore, par les trop courts fragments qui nous sont parvenus, toute l'habileté qu'il lui avait prêtée, et l'adresse insinuante de ses paroles et la complaisance inépuisable de ses flatteries. Avec les jeunes gens d'Athènes, la tâche de notre personnage devenait plus difficile. Il dépensait souvent en pure perte ses plaisanteries les plus neuves et ses supplications les plus pressantes; on lui tournait le dos ou bien, s'il avait réussi à obtenir une invitation, il trouvait en arrivant que rien n'était préparé et que le maître de la maison ne soupait pas chez lui. Alors, quel désespoir! quelles lamentations! Heureusement le sort ne lui était pas toujours contraire. Le parasite rendait trop de services aux jeunes gens pour être longtemps maltraité. Après l'esclave, c'est le personnage, je ne dirai pas le plus important, mais le plus affairé de la Comédie Nouvelle. Il va et vient à travers toute la pièce, il s'agite, il noue des intrigues, il débrouille les situations les plus compliquées. Faut-il endormir la vigilance d'un père? aider un jeune fou à dissiper sa fortune? Le parasite est prêt. Fourberies, mensonges, basses adulations, rien ne lui coûte dès qu'il a l'espoir de faire un bon repas aux frais d'autrui. S'il n'est pas assez intelligent pour diriger les

(1) Cic., *De amicitia*, XXVI, 98.

affaires de ses patrons, il leur offre du moins sa personne, dont ils pourront se divertir. Assis au bout de la table, il acceptera tout jusqu'aux plaisanteries les plus cruelles, jusqu'aux traitements les plus durs, pourvu qu'on lui permette d'attraper au passage quelque morceau délicat. Il est le bouffon de la société athénienne qui le méprise, mais qui ne saurait se passer de lui.

Je n'ai pas besoin de chercher de transition pour introduire le cuisinier après le parasite. On comprend sans peine que ces deux personnages marchent de compagnie. Et pourtant le cuisinier réclamerait peut-être contre cette assimilation. Il fait volontiers l'homme d'importance. Ce n'est pas un vulgaire métier qu'il exerce, mais un art qui a ses difficultés et ses secrets. Est-ce assez de dire que le cuisinier est un artiste? c'est un érudit, un philosophe qui cite Epicure et Démocrite (1). Bien plus, c'est un prêtre qui s'acquitte de ses fonctions avec une emphase majestueuse. « Nous prions » tous les dieux et toutes les déesses de l'Olympe, — reçois » dans ce plat la langue de la victime, — nous les prions de » nous accorder le salut, la santé et les biens en abon- » dance (2). » Gardez-vous de railler cette solennité; il vous apprendrait que les cuisiniers sont les protégés des dieux; quiconque les offense est un sacrilége : « Personne n'a jamais » maltraité un cuisinier impunément, tant il est vrai que » notre profession a un caractère de sainteté (3). » Dans les *Samothraces* d'Athénion, il faut entendre de quel ton un cuisinier expose à un esclave tous les bienfaits que son art a procurés aux hommes : « Ne sais-tu pas que de tous les » arts le nôtre est celui qui a le plus contribué à enseigner » aux hommes le respect des dieux? — Comment cela? — » Oui, il en est ainsi, misérable esclave; nous vivions à la » manière des bêtes, sans foi ni loi; ô crime abominable!

(1) Damoxénos, Συντρόφοι, fr. 1.
(2) Ménandre, Κόλαξ, fr. 2.
(3) Ménandre, Δύσκολος, fr. 3.

» nous nous mangions les uns les autres; c'est l'art du cuisinier qui nous a donné la civilisation et nous a conduits au genre de vie que nous menons maintenant. — De quelle façon? — Ecoute-moi, je vais te l'apprendre. Nous nous mangions donc les uns les autres, et nous étions en proie à une foule de maux; un homme s'est rencontré, et celui-là était un sage, qui, en célébrant un sacrifice, imagina le premier de rôtir la chair des victimes, et comme la chair ainsi préparée était meilleure que celle des hommes, l'anthropophagie disparut, et l'on fit cuire la chair des victimes immolées aux dieux; c'était un premier pas; quand on eut commencé à goûter ce plaisir, on fut désireux d'inventer de nouveaux assaisonnements et la science de la cuisine fit des progrès (1). » Vous avez présents à la mémoire les vers d'Horace :

Silvestres homines sacer interpresque Deorum
Cædibus et victu fœdo deterruit Orpheus;

il semble que le passage d'Athénion en soit la contre-partie. Orphée est détrôné, le cuisinier règne à sa place et c'est au pouvoir de ce dernier que nous devons attribuer la transformation dont nous reportions l'honneur aux accents de la lyre et aux chants du poëte.

Je me reprocherais, Messieurs, de vous signaler seulement les mauvais côtés des mœurs athéniennes. Avec les auteurs de la Comédie Nouvelle, nous sommes transportés, je le répète, dans une société qui penche vers son déclin, mais cette vieillesse, ne l'oublions pas, est la vieillesse d'Athènes. Cette ville, heureuse et glorieuse entre toutes, a eu ce privilége : après avoir passé sa forte jeunesse au milieu des entreprises héroïques, elle retrouve, dans l'étude des lettres et de la philosophie, une occupation qui charme et illustre ses dernières années. A chaque instant, dans les

(1) Athénion, Σαμόθρακες.

fragments de Ménandre et de ses rivaux, on rencontre des sentences, des maximes, ingénieuses ou profondes. Aristophane se défiait de la philosophie et la dénonçait avec colère à ses concitoyens, comme funeste à l'esprit militaire, au patriotisme, à la religion nationale; Ménandre l'accueille avec empressement. Elle forme son génie, elle développe chez lui le goût et le talent de l'observation. Nous savons qu'il était l'ami d'Epicure et le disciple de Théophraste. Il a profité de leurs enseignements. Sur le mariage, sur l'amour, sur les relations de famille, sur la brièveté et la fragilité de la vie humaine, en un mot, sur les sujets les plus variés, il trouve et il exprime des pensées neuves, frappantes, qui se gravent facilement dans la mémoire. Quelle délicatesse de sentiment dans cette réflexion : « Il n'est pas de musique plus » agréable que les paroles d'un père quand il accorde des » éloges à son fils (1)! » et dans cette autre encore : « Le » plaisir le plus doux pour un père, c'est de voir ceux qui » sont sortis de lui vivre sages et vertueux (2). » Quelquefois, c'est la vivacité de l'expression ou la justesse d'une image heureusement trouvée qui relèvent une maxime un peu commune : « Quand un vieillard s'entretient avec un » vieillard, on dirait un trésor qui se verse dans un autre » trésor (3). »

La pensée de Ménandre ne se resserre pas toujours dans ces bornes étroites. Il lui arrive de se répandre en développements abondants. Je ne dois pas abuser des citations; vous me permettrez cependant, Messieurs, d'en faire encore quelques-unes. Ce sont de graves et fortes paroles que celles-ci, par exemple : « Il ne faut pas céder à toutes les entreprises » des hommes vicieux; on a souvent le devoir de leur résister, si l'on ne veut pas que la vie humaine soit bouleversée de fond en comble (4). » Les suivantes sont encore

(1) Ménandre, *Inc. fab.*, fr. 115.

(2) *Id.*, *ibid.*, fr. 109.

(3) *Id.*, *ibid.*, fr. 165.

(4) Ménandre, Ἀδελφοί, fr. 5.

» plus remarquables : « A mon avis, Parménon, celui-là » est le plus heureux de tous les hommes qui retourne » promptement à l'endroit d'où il est venu, après avoir con» templé sans trouble les merveilles du monde, le soleil qui » luit pour tous, les astres, l'eau, les nuages, le feu. Qu'il » vive un siècle ou passe sur la terre un petit nombre d'an» nées, il verra toujours le même spectacle et il n'en verra » jamais de plus magnifique. Considère la vie comme une » foire où l'homme vient en voyageur ; ce n'est que tu» multe, trafic, vols, jeux de hasard, divertissements. Si tu » pars le premier pour aller au lieu du repos, tu emporteras » des provisions de voyage plus abondantes et tu te retire» ras sans avoir eu d'ennemis. Celui qui s'attarde tombe » dans la misère et traîne une triste vieillesse, fatiguée et » souffrante ; il s'égare, il ne rencontre que des ennemis et » des dangers ; une longue vie ne mène pas à une mort fa» cile (1). »

Vous avez remarqué, Messieurs, la mélancolie dont sont empreintes ces dernières paroles. Bien que Ménandre ait dit que « la tristesse est le plus grand de tous les maux dont » souffrent les hommes (2), » il paraît avoir été lui-même en proie à cette maladie, dont il conseille aux autres de se garder. Dans sa morale, comme dans celle des autres écrivains de la Comédie Nouvelle, on sent bien souvent une sorte de lassitude et de découragement. Je ne veux rien exagérer ; l'âme des anciens était trop saine pour se laisser aller à cette rêverie vague et désolée, dans laquelle certains de nos poëtes modernes se sont complus ; mais comment ne pas signaler ce qui existe? « Quiconque a beaucoup vu doit » avoir beaucoup retenu, » dit La Fontaine ; cela est vrai, et cette maturité d'expérience et de raison, dont témoignent tant de sentences répandues dans l'œuvre de Ménandre, en est une preuve. Il n'est pas moins vrai de dire que quicon-

(1) *Id.*, Ὑποβολιμαῖος, fr. 2.
(2) *Id.*, *Inc. fab.*, fr. 123.

que a beaucoup souffert arrive facilement à se défier de la vie et de lui-même. C'est ce qu'éprouvent les Athéniens à l'époque de Ménandre et de Philémon ; c'est ce que révèlent, dans bien des passages, les fragments de nos auteurs. « Je » suis homme, » s'écrie un des personnages de Diphile, « et » c'est assez pour que je sois malheureux de vivre (1). » « Le » premier, » dit Ménandre, » qui, en inventant un métier, a » donné au pauvre un moyen de se nourrir, a fait beaucoup » de misérables : il était si simple de laisser mourir celui » pour qui la vie est chargée d'ennuis (2) ! » Rapprochez, Messieurs, de ces réflexions si tristes les paroles d'Achille : « Non, rien n'est comparable à la vie, ni les trésors que » renfermait, dit-on, la ville populeuse d'Ilion, au temps de » la paix, avant l'arrivée des fils des Achéens, ni les riches» ses entassées dans l'enceinte de pierre du temple de Phœ» bus Apollon, qui lance au loin les traits (3). » Vous mesurerez ainsi le changement qui s'est accompli dans l'esprit des Grecs. Le héros d'Homère aime la vie, moins pour elle-même que pour l'usage qu'il en peut faire ; il l'aime, parce qu'il y trouve l'emploi de son énergie et de son ardeur. Ménandre et ses contemporains la supportent comme un fardeau et s'effraient des devoirs qu'elle impose. Leur morale est prudente et sensée, mais un peu molle. Elle conseille la résignation plutôt que l'action. Elle insiste sur la faiblesse de l'homme, et ne lui montre pas sa grandeur. Elle s'est guérie des illusions de la jeunesse, ce qui est peut-être un bien, mais elle a perdu toute confiance dans les ressources de l'activité humaine, ce qui est un grand mal pour les individus comme pour les nations.

(1) Diphile, *Inc. fab.*, fr. 24.
(2) Ménandre, Ἁλιεῖς, f. 5.
(3) Iliade, IX, v. 401-405.

II

Quoi qu'il en soit de cette philosophie, tant d'observations ingénieuses que je vous ai citées, tant de pensées fines et délicates nous font bien voir tout ce qu'il y avait alors à Athènes de culture littéraire. La démonstration sera plus complète, si nous cherchons à nous rendre compte des mérites de la composition et du style chez les poëtes de la Comédie Nouvelle.

Une anecdote, rapportée par Plutarque, nous apprend l'importance que Ménandre attachait à la conduite de l'action. Quelques jours avant les fêtes de Bacchus, un de ses amis lui demandait, avec une sorte d'anxiété, s'il n'avait pas encore terminé sa pièce. « Ma comédie est faite, » répondit-il ; « j'ai fini d'en arranger le plan ; il ne me reste » plus que les vers à écrire (1). » J'avoue que le renseignement est insuffisant. Une seule pièce de Ménandre, qui nous serait parvenue dans son intégrité, nous instruirait bien mieux. Puisque ce secours nous manque, il faut nous contenter des faibles indices que nous pouvons recueillir.

En commentant quelques vers du prologue de l'*Eunuque* (2), Donat nous aide à connaître et à reconstituer le plan de deux des comédies de Ménandre, l'*Apparition* et le *Trésor*. Un passage d'Aulu-Gelle (3) contient de précieux détails sur l'intrigue d'une autre pièce, intitulée *le Collier*. Dans une question aussi obscure, tous les témoignages ont de la valeur ; aussi, nous ne devons pas négliger un reproche que les ennemis de Térence lui adressaient, et qu'il était contraint d'accepter, tout en s'excusant de son mieux. On le blâmait de ne pas être un imitateur assez fidèle. En

(1) Plutarque, *Œuvres morales* : Πότερον Ἀθηναῖοι κατὰ πόλεμον ἢ κατὰ σοφίαν ἐνδοξότεροι, p. 347, F.

(2) V. 9-10.

(3) II, 23.

reproduisant les pièces des Grecs, il ne respectait pas la simplicité de l'intrigue et avait besoin, pour remplir le cadre qu'il s'était tracé, de confondre deux comédies en une seule ou du moins d'ajouter à celle qu'il s'était proposée d'imiter, des situations et des personnages empruntés à une autre pièce (1). Dans la suite du cours, nous aurons à revenir sur le sens qu'il convient de donner à cette expression, *contaminare græcas fabulas ;* dès aujourd'hui, nous pouvons en tirer quelques conclusions pour le sujet qui nous occupe.

Si rapides et incomplètes que soient les analyses de Donat, elles nous laissent entrevoir tout ce que l'imagination de Ménandre possédait de ressources. Est-il rien de plus gracieux que la fiction qu'il a imaginée dans l'*Apparition?* Une jeune fille est aperçue par un jeune homme dans une sorte de sanctuaire, ménagé dans l'épaisseur d'une muraille et dont l'ouverture est dissimulée par des guirlandes de fleurs et de feuillage. Il la prend d'abord pour une divinité, et demeure saisi de frayeur et de respect. Puis, lorsqu'il est détrompé, il devient éperdument amoureux et n'a de repos que lorsqu'il a réussi, à travers mille obstacles, à épouser celle qu'il aime et qu'il a vue, pour la première fois, dans des circonstances si merveilleuses. Dans le *Trésor*, c'est un père qui se défie de la prodigalité de son fils. A l'insu du jeune homme, il cache une partie de ses richesses dans le tombeau qu'il s'était préparé, et ordonne qu'au bout de dix ans seulement on ouvre le monument pour offrir à ses cendres les libations et les sacrifices funèbres. Le fils trouvera l'argent et réparera les brèches qu'il aura faites à sa fortune. J'abrége ces détails; je m'abstiens même de montrer à quel point ces situations étaient favorables au développement des caractères et des passions, quels sentiments variés elles mettaient en jeu. Elles nous permettent de nous faire une idée de l'art avec lequel Ménandre savait inventer et combiner les événements au milieu desquels il plaçait ses per-

(1) *Andr.*, prol., v. 16; *Heaut.*, prol., v. 17.

sonnages. La fantaisie ne règne plus en souveraine dans la Comédie Nouvelle comme elle régnait dans la comédie d'Aristophane. Elle n'y prodigue plus les personnifications étranges, les allégories merveilleuses ; mais l'imagination, pour être plus contenue, n'a pas perdu toute vivacité ni toute hardiesse. Si nos auteurs sont plus soucieux de la vraisemblance, s'ils ramènent leurs personnages à des proportions plus humaines, ils ne renoncent pas à charmer le spectateur par la variété et la nouveauté inattendue de leurs fictions.

Mais avant tout, — et c'est une qualité sur laquelle je veux insister particulièrement, — quelle devait être la simplicité de l'intrigue dans les pièces de Ménandre et de ses émules ! Le reproche dirigé contre Térence nous le laisse pressentir. Il lui fallait altérer la pièce grecque, afin de compléter la sienne. Il croyait indispensable de la surcharger, en y introduisant un plus grand nombre de personnages et d'incidents. Ceci nous amène à constater une fois de plus cette supériorité intellectuelle des Athéniens que je vous ai déjà signalée. A un public grossier, qui ne vient chercher au théâtre qu'un divertissement vulgaire, il faut des pièces compliquées, remplies d'aventures extraordinaires, où les événements se précipitent, où les péripéties imprévues soutiennent et renouvellent à tout instant la curiosité ; seuls, les esprits cultivés sont capables de goûter un plaisir plus délicat. Ils s'intéressent à ces peintures morales, à ces analyses pénétrantes, qui, s'attachant à un caractère ou à un sentiment, les suivent dans toutes leurs transformations, en marquent les divers mouvements, les apparences changeantes et jusqu'aux nuances les plus fugitives. Dans les premières années du dix-septième siècle, le spectateur français ne se retirait pas satisfait du théâtre, si, pendant les deux ou trois heures que durait la représentation, il n'avait assisté à des changements de nom et d'habit, à des reconnaissances et à des duels, à des morts et à des résurrections. Il ne se contentait pas à moins, et ce n'était pas trop, pour le divertir, que cette multitude confuse d'incidents romanesques qu'étalaient sous ses yeux l'*Illusion comique* de Corneille, l'*Hypocondriaque* ou le *Mort amoureux* de Rotrou, ou encore ces pièces que Hardy imitait, par centaines, du théâtre espagnol. Lorsque nos grands poëtes eurent fait son éducation, il sut se plaire aux tragédies d'un Racine, que remplissait tout entières le développement, ménagé avec art, d'une seule passion Les Athéniens n'étaient pas moins bons juges que les contemporains de Louis XIV. Comme eux, ils étaient sensibles à cette netteté et à cette régularité dans la conduite de l'action, à ces qualités si rares et si simples que les ignorants n'aperçoivent même pas et qui font les délices des connaisseurs.

Enfin, pour parler du style de Ménandre, nous y retrouvons des mérites du même ordre. L'atticisme a été trop bien défini pour que j'ose tenter de le définir à mon tour. « Il » n'y a rien de plus athénien, » dit M. Jules Girard, « que » le goût, la finesse et la netteté d'esprit. Le peuple d'Athè» nes, formé par l'habitude du commerce et des affaires, » actif et intelligent, s'exprimant bien lui-même, saisissait » d'instinct, avec une égale délicatesse, la justesse d'une ex» pression et la vérité d'un sentiment; en même temps, » l'aisance et le naturel étaient auprès de lui les conditions » suprêmes de succès : il condamnait par un sourire impi» toyable les efforts maladroits et le fracas d'une ambition » impuissante... L'éloquence athénienne, c'est l'accord d'une » pensée juste et belle avec une expression juste et belle. » Les Athéniens jouissent avec bonheur de cette puissance » d'une langue qui rend immédiatement, sans effort et sans » détour, chacune des beautés, chacune des délicatesses de » la pensée qu'elle traduit, tant les rapports des mots et des » idées sont exacts, tant leur union est intime (1). »

(1) M. Jules Girard, *Etudes sur l'Eloquence attique*, l'atticisme dans Lysias, p. 51, 54. Je ne puis citer le nom de M. Girard sans saisir avec empressement

Comme Lysias, Ménandre a été un des modèles de l'atticisme. Je n'ignore pas que des grammairiens et des lexicographes, tels que Phrynichus Arrhabius (1) et Julius Pollux (2), le prennent de très-haut avec lui. Ils relèvent mille impropriétés dans le détail de son style. Ils condamnent sa diction comme vicieuse, comme barbare, comme infectée de néologismes et de solécismes. Par bonheur, à l'opinion de censeurs si rigoureux, nous pouvons opposer les éloges de Plutarque. Il établit une comparaison entre Aristophane et Ménandre ; très-dur pour le premier, il ne trouve pas de termes assez magnifiques pour exalter les mérites du second. « On a vu, » dit-il, « bien des ouvriers habiles, et cependant aucun d'eux n'a jamais su faire une chaussure, un » masque de théâtre ou un vêtement qui convînt également » à un homme, à une femme, à un adolescent, à un vieillard et à un esclave ; Ménandre a donné le modèle d'un » style, qui s'accorde avec tous les caractères, toutes les » conditions et tous les âges.... Parmi les auteurs dramatiques, les uns écrivent pour le vulgaire et pour le peuple, » les autres pour l'élite des spectateurs ; bien peu savent » plaire à tout le monde. Pour Aristophane, ni le vulgaire » ne pourrait lui trouver aucun agrément, ni les délicats ne » pourraient le supporter ; sa poésie ressemble à une courtisane sur le retour, qui voudrait se donner des airs » d'honnête femme ; elle rebute la foule par ses prétentions, » et soulève le dégoût des gens sensés par son effronterie et » sa méchanceté. Ménandre, au contraire, avec les grâces » qui l'accompagnent, est partout à sa place, dans les théâtres, dans les entretiens et dans les banquets (3). » Je me

l'occasion qui m'est offerte de dire publiquement tout ce que je lui dois, tout ce que je dois à son enseignement et à l'affectueuse bienveillance qu'il daigne m'accorder.

(1) *Eclogæ nominum et verborum atticorum*, aux mots σύσσημον, καταφαγάς, μεσοπορεῖν, γύρος, κολλοβιστής.

(2) *Onomusticon*, aux mots ὀξανέψιοι et μέθυσος.

(3) Plutarque, συγκρίσεως Ἀριστοφάνους καὶ Μενάνδρου ἐπιτόμη, *passim*.

contente de citer, sans prétendre que ces éloges soient toujours bien intelligibles ou bien judicieux. Je vous fais grâce aussi des comparaisons dont Plutarque abuse. Pour lui, Ménandre est tantôt un habile joueur de flûte, qui enfle ou adoucit tour à tour le son de son instrument, tantôt un peintre, dont le coloris frais et gracieux repose la vue fatiguée.

Il serait facile de multiplier les témoignages et d'ajouter à l'autorité de Plutarque celle de Quintilien, par exemple (1). Mais à quoi bon? N'avons-nous pas notre impression personnelle, qu'il vaut mieux consulter? Nous n'en sommes plus réduits, comme pour la conduite de l'intrigue, à jurer sur la parole des grammairiens. Je vous ai cité, presque sans choix, plusieurs fragments de Ménandre. Si mes traductions n'ont pas trop affaibli le texte, vous avez senti, à coup sûr, le mérite de ce style vigoureux et précis, facile et ferme tout à la fois, qui rend si nettement la pensée, simple sans être jamais faible ou vulgaire, élégant sans être orné. Notre curiosité demanderait davantage. Nous aimerions à nous représenter ce qu'était chez Ménandre la marche du dialogue. Savait-il en presser le mouvement? Savait-il l'animer par l'échange rapide des questions et des réponses? Savait-il employer avec un égal bonheur les tons les plus divers, suivant la situation ou le caractère des personnages? Sur tous ces points, il nous est impossible de rien dire. Mais ce que nous lisons encore aujourd'hui suffit à nous faire reconnaître que, par sa diction si franche et si saine, il reste fidèle aux meilleures traditions de la langue attique.

Il y a surtout une qualité qui me frappe. Parmi les vers de Ménandre qui nous ont été conservés, nous avons trouvé beaucoup de maximes. Exprimées nettement, avec force et avec une élégante brièveté, elles ne portent aucune trace d'affectation ni de recherche. Je ne prétends point, Mes-

(1) Quintilien, *De inst. orat.*, X, I, 69-72.

sieurs, faire le procès au style des moralistes de profession ; la critique serait injuste, car leurs œuvres comptent au rang de celles qui honorent le plus notre littérature française ; elle serait singulièrement déplacée dans cette chaire, au moment où un livre récemment publié vient de renouveler parmi nous la mémoire de M. Sauvage et des qualités si distinguées de son esprit. Je ne dis rien que les moralistes n'avouent eux-mêmes. Vous savez le mot de La Bruyère, qui ressemble presque à un aveu : « Si l'on jette » quelque profondeur dans certains écrits ; si l'on affecte » une finesse de tour et quelquefois une trop grande déli- » catesse, ce n'est que par la bonne opinion qu'on a de ses » lecteurs (1). » Comme les auteurs de maximes n'ignorent pas la valeur de la pensée qu'ils expriment, ils ont soin de l'orner avant de la présenter au public. Ils ne la produisent pas, s'ils ne l'ont tournée et retournée cent fois afin de la placer dans le jour le plus favorable. Ce n'est pas assez de dire que ce travail patient et minutieux est exquis et bien digne de plaire aux plus délicats : il est utile, puisque l'esprit lui-même profite de ce soin accordé au style et y gagne plus de pénétration et de finesse ; mais il est périlleux, s'il ne sait pas s'arrêter à temps. Quand on est si habile à polir une phrase, est-on sûr de ne pas lui donner quelquefois plus de brillant qu'elle n'en comporte ? Qui fixera la limite précise, le point presque insaisissable où l'excès commence, où le travail, en se laissant trop voir, perd de son prix ?

Le style de Ménandre ne dépasse jamais la mesure. J'hésite à prononcer le nom de Molière ; M. le Doyen me pardonnerait peut-être cette audace, mais je ne me pardonnerais pas moi-même de vous redire très-imparfaitement ce qu'il vous dit avec une science si consommée. Il me semble cependant que, en lisant les Sentences de Ménandre, on éprouve une impression analogue à celle que nous laissent les portraits que trace Célimène dans une des plus belles

(1) Ch. Ier, *Des ouvrages de l'esprit.*

scènes du *Misanthrope*. La touche en est libre et fière ; nulle part on ne sent l'effort, et je ne sais si cette heureuse facilité d'un génie sûr de lui-même n'est pas préférable à la perfection laborieuse d'un La Bruyère.

C'est ainsi que tout nous ramène aux conclusions que je vous annonçais en commençant. Si l'on veut être juste envers les auteurs de la Comédie Nouvelle et le public qui les soutenait de sa faveur, il faut avouer que l'on trouve peu d'époques où les intelligences aient été plus cultivées, le goût plus exercé et plus pur. On en trouve aussi bien peu où la nature de l'homme ait été plus soigneusement étudiée et mieux connue. Le siècle de Ménandre et de Philémon est un siècle de lettrés et de philosophes, qui possède toutes les grâces de l'esprit et cette maturité que l'expérience de la vie apporte avec elle. A côté de ces qualités, nous avons dû montrer de graves défauts. La société athénienne, telle que j'ai essayé de vous la décrire, est trop facilement résignée à la perte de sa puissance politique et militaire, plus occupée de son bien-être que de sa gloire, adonnée aux plaisirs et les recherchant tous indistinctement. Elle ne leur demande que de conserver un certain caractère d'élégance, peu soucieuse ensuite que les âmes des citoyens se soient amoindries et leurs mœurs corrompues.

Térence, Messieurs, a imité aussi exactement qu'un Romain pouvait le faire, les poëtes de la Comédie Nouvelle. Nous verrons ce qui lui appartient en propre dans ses ouvrages et ce qu'il a ajouté aux pièces qu'il traduisait ; mais on est fondé à dire, d'une manière générale, qu'il a été le disciple des Grecs. Il leur a dérobé les grâces discrètes et l'élégance achevée de son langage ; il a porté sur la scène les personnages qu'ils y avaient introduits, et les a placés dans les mêmes situations. S'il cherchait seulement à conquérir les suffrages de quelques spectateurs d'élite, il ne pouvait se proposer de meilleurs modèles : était-ce également le plus sûr moyen de plaire à la foule et d'assurer à son nom une gloire populaire? Je me contente aujourd'hui de poser la question; dans la prochaine leçon, nous nous occuperons de la résoudre, en nous transportant à Rome pour étudier les commencements de la comédie latine et l'état de la société à l'époque où parut Térence.

www.ingramcontent.com/pod-product-compliance
Ingram Content Group UK Ltd.
Pitfield, Milton Keynes, MK11 3LW, UK
UKHW021929190726
13853UKWH00002B/935